POÈMES DANS LA NUIT

DU MÊME AUTEUR

Les fontaines de l'âme (poèmes)
Éditions L'Age d'Homme, 1976

Célébration quotidienne (poèmes)
Éditions Ouverture, 1979

Debout, dans l'ordre et l'harmonie de la Création (poèmes)
Éditions L'Age d'Homme, 1983

Le Danseur de corde (poèmes)
Éditions Caractères, 1985

Regard éclaté (poèmes)
Éditions La Vague à l'âme, 1988

Graines de cœur (poèmes)
Éditions Ouverture, 1989

Le Chant du mime (poèmes)
Éditions L'Age d'Homme, 1990

Trame unique (poèmes)
Éditions La Vague à l'âme, 1991

Le Frémissement de l'être (poèmes)
Éditions Caractères, 1996

Le Chant inépuisable (poèmes)
Éditions Caractères, 1997

La Lumière des arbres (poèmes)
Éditions Caractères, 1998

Eternels instants (poèmes)
Éditions L'Age d'Homme, 2002

ANGELA GHELBER

POÈMES DANS LA NUIT

Poèmes

L'AGE D'HOMME

Ce livre a été publié avec l'aide
du Service de la culture de la Ville de Lausanne

Catalogue et informations : écrire à L'Age d'Homme, CP 5076,
1002 Lausanne (Suisse) ou 5, rue Férou, 75006 Paris (France)
info@agedhomme.com

CANTIQUE DE PRINTEMPS

exulte, mon âme, exulte,
tressaille de joie, mon cœur,
vibrez, vibrez, cordes de mon cœur,
exaltez ces arbres qui se couvrent
de leurs nouvelles feuilles,
remplis-toi, mon œil insatiable,
de la suavité de ces fleurs premières,

exulte, mon âme, exulte,
tressaille de joie, mon cœur,
acclame la vie toujours renouvelée

FLEURS MESSAGÈRES

ces tendres fleurs printanières
qui spontanément surgissent
de la terre nourrie
des neiges de l'hiver

qui avec une douce ténacité
fraient leur chemin
à travers les feuilles mortes

viennent nous apporter
le message d'amour et d'espoir
de la terre
le message de la vie continue

FUGACITÉ

à peine écloses,
comme dans un rapide croquis,
ces délicates fleurs des arbres,
si vite,
au plus léger souffle de vent,
elles perdent,
à l'instant,
l'un après l'autre,
leurs diaphanes pétales…

MOIS DE MAI

doux ramages d'oiseaux
au mois de mai
lorsqu'ils s'affairent
à faire leurs nids
pour la nichée à venir

doux ramages d'oiseaux
au mois de mai
lorsque la vie
demande à la vie
de se multiplier

MÉDAILLON

comme Dieu
dans le Ciel
comme l'homme
dans sa maison
tel est l'oiseau
sur l'arbre
tel est le bel oiseau
dans son nid
avec son oiselle
avec ses oisillons

A UNE ROSE

elle n'est pas
la plus belle des roses
la rose de mai

mais de toutes les roses
elle est la plus odorante
la rose du mois de mai

la plus embaumée
des roses

LE PAPILLON

telle une fleur
en train d'éclore
ainsi de sa chrysalide
s'extrait le papillon
ainsi déploie-t-il
à nos yeux émerveillés
ses ailes multicolores

insatiable amant,
il vole, il vole
de fleur en fleur,
ivre de leurs senteurs

LA MORT DU PAPILLON

le soleil d'août
dardait ses rayons
ivre de lumière
le papillon rivalisait
des couleurs avec les fleurs

lorsque ses ailes
comme brûlées
par les feux de l'été
perdirent leur vigueur

à présent le frêle papillon
gît au sol
et rien qu'un friselis
le fait trembler
dans la poussière ardente…

A L'AUBE

la nuit s'émiette
dans la brume du matin

de fines gouttelettes
tombent d'une feuille à l'autre

de pompeux coquericos
s'élancent, se répondent
l'aboi d'un chien
la clarine d'une vache
la vie reprend

toujours recommencé,
le présent se revêt
du rêve et de la réalité
d'un nouveau jour

MYSTÈRE DU SOMMEIL

Quel est ce mystère du sommeil?
ce besoin impérieux
de mourir un peu tous les jours,
de cesser un peu d'être
chaque jour?
Quel est ce lait nourricier,
ce lait de non-être
dont se nourrit l'être?
Arrête – s'écrie la chair –
rends-moi pour quelque temps
au néant
afin que j'y puise
la force d'être encore demain!

LES FEUILLES MORTES

rassasiées de l'intense
lumière d'été
consumées par l'ardeur
du soleil
elles dansent, elles dansent
les feuilles mortes
vers leur lit de déliquescence
en dansant
elles descendent

QUESTIONS

De quelle pâte nous as-Tu pétris,
Père Céleste ?

Pourquoi fallut-il unir l'Esprit
à la boue visqueuse ?
Pourquoi fallut-il conditionner
l'innocence par l'ignorance ?
Connaissais-Tu par avance
la fragilité de Ta créature
pour lui interdire
la connaissance du bien et du mal ?
N'était-ce pas là
l'aveu de l'échec ?
L'interdit ne contenait-il pas
la graine de la désobéissance ?
du péché ?

LÉGENDE

Toi,
l'Omniscient,
Tu ne pouvais pas ignorer
que le fruit interdit
était la tentation même,
qu'il serait la pierre d'achoppement
de Ta Création

ainsi,
l'homme et la femme
cédèrent à la tentation rampante
il mangèrent la pomme interdite,
leurs yeux dessillés,
leurs sens éveillés,
ils s'aimèrent,
ils perdirent l'éternité
ils devinrent mortels

LE BONHEUR

le bonheur porte
l'habit gris,
usé, rapiécé
de tous les jours
il ne vient pas
en sonnerie de clairons
et trompettes
il passe souvent inaperçu
et l'on ne s'en aperçoit
que lorsqu'il n'est plus là

Pourquoi arrives-tu si tard,
éplorée sagesse?
Pourquoi ouvres-tu si tard
nos yeux?

EGO

je suis le filet
je suis le poisson

je suis le prisonnier
je suis la prison

je suis la victime
je suis le bourreau

je suis l'âme
esprit emprisonné
dans la chair

LE MOI

monstre qui te dévores toi-même
dans ton coin
qui attends
qui prétends
quand vas-tu
comprendre
que rien ne t'est dû ?

quelle leçon
le papillon !
ver qui devient
fleur ailée !

JAMAIS

qui nous sommes
d'où nous venons
où nous allons
nous ne le saurons jamais
nous ne saurons jamais
ce qu'est la vie
cette force impalpable
qui nous fut donnée
qui nous sera reprise
afin de redevenir
poussière

DIS-MOI, ÉTRANGE OISEAU

Dis-moi,
étrange oiseau
qui te tiens si vaillamment
sur la haute branche
sous la bruine froide
en cet hiver finissant

dis-moi,
étrange ermite des nues,
qui est l'esprit qui t'habite
qui tient loin de toi
le sombre spleen des humains

quelle est cette graine de vie
que tu picores
dans l'éther gris?

L'AME HUMAINE

il n'y a rien au monde
de plus caché
de plus secret
de plus impénétrable
que l'âme humaine

il n'y a rien au monde
de plus insondable
que les abysses
de l'âme humaine

car l'âme humaine
est de la même nature
et de la même substance
que Dieu

JOUR ET NUIT

l'astre du jour nous lance
comme des papillons
dans l'ivresse dionysiaque de la vie

l'astre de la nuit nous plonge
dans la mélancolie qui nous dévoile
encore et encore notre néant
devant les portes d'airain
pour éternité interdites
du mystère de la vie

LE SURSIS

je sais,
je le sais,
elle tourne
autour de la maison
la Faucheuse

le jour se lève
elle s'éloigne
la faux sur l'épaule
ce sera peut-être
demain?

L'AGONIE

Comme les disciples dormaient
tandis que le sang perlait
sur le front de leur maître en prière
ainsi je dormais insensément
tandis que tu combattais
l'Ange de la Mort

COMPARUTION

il avait déposé
armes et bagages

il était nu
les yeux fermés

il se tenait
devant Dieu

O, VRAI CORPS

au-delà de la vie
au-delà de la mort
comme il m'apparait saint
ce corps
tel que Dieu l'a conçu
dans sa sainteté
lorsqu'Il s'est dit:
faisons l'homme
à notre image
et à notre ressemblance

ETRE MORTEL

comme il semble fort
comme il est fragile
cet être vivant
cet être de terre et de ciel!

lorsque la terre se corrompt
le ciel s'envole
celui qui encore hier était
aujourd'hui n'est plus

LE FURTIF SOMMEIL

souvent je me suis tenue
à l'affût
du furtif sommeil
mais c'est toujours lui
qui me surprend
et m'emporte
dans le séjour des songes
mais comme il peut être doux
sous les paupières lourdes
ce passager néant
du furtif sommeil!

SONGES

les jours passent
et s'effacent
comme songes
de la nuit
songes diurnes
songes nocturnes
s'emmêlent s'entremêlent
dans la brume
de la mémoire
tant il est vrai
qu'un songe
nous porte
qu'ombres d'un songe
nous sommes

LA PLAINTE DE LA BREBIS ÉGARÉE

où est le bon berger avec sa houlette
où est le bon berger avec son fidèle chien
le bon berger qui connaît les bons pâturages,
les bons herbages?
où est sa bergerie?
sa bergerie où nous étions à l'abri
des loups dévorateurs?
où est le bon berger
qui même portait avec amour
sur son épaule la brebis égarée?

LE PETIT OISEAU

fulgurante apparition
que ce tout petit oiseau
portant dans son bec
comme un bien précieux
un brin d'herbe!

il déchira
dans l'éclair de vérité
de l'instant
le voile qui ternit ma vue
dans la folle course
après les futilités quotidiennes

Si je pouvais, un instant,
contenir dans ma main
le petit oiseau
riche d'un brin d'herbe,
sentir sa douce chaleur
les battements affolés
de son petit cœur,
quel serait, ô Dieu,
mon extase!
comme si je Te possédais!

BROUILLARD

dans la nuit qui tombe
neige et brouillard se confondent
les choses perdent volume et contour
tout n’est qu’ombres et fantasmes
je ne peux m’imaginer autrement
le purgatoire

LA BRUINE

la grise, incessante
bruine de décembre
rend encore plus courts
plus pesants les jours
de l'année finissante
plus éplorés encore
les arbres désespérément nus

PASTEL

allant se coucher
le soleil hivernal
poudroie d'un rose de pêche
l'argent de la première neige

reine de la nuit
la lune s'avance dans le ciel pâle
suivie de près d'Hypérion
le fidèle page

CRÉPUSCULE

le jour touche à sa fin
la neige se dépose
en immaculé suaire
la nuit s'avance
noire féline
à pas feutrés

INSTANTANÉ

dans le ciel opaque
de ce jour de février
le soleil a perdu ses rayons
il n’en reste qu’un disque embrasé

seul, sur une ramille effeuillée,
un passereau se balance
d’un air heureux

CLAIR DE LUNE

vestale
tout de blanc voilée
la lune traverse
en somnambule
l'immensité du ciel
elle parsème de songes
nos sommeils
sa lumière douce
comme la main maternelle
sur le front fiévreux
de l'enfant,
nous endort telle
une susurrante berceuse

LE POUDRIER

quoi de plus futile
que le futile parfum
d'un vieux poudrier
oublié au fond d'un tiroir?
et cela peut suffire
pour que des sensations,
des sentiments oubliés
enfouis sous des couches de mémoire
surgissent d'un coup
et fassent frémir les cellules
et fassent envahir l'âme
par le vague d'une indicible douceur
ô, mystérieuses inscriptions
fines comme un pollen!
vivantes comme les graines
dans les vases funéraires!

LES VAGUES

J' ai vu les hautes vagues
comme de fortes cuirasses
se briser en neigeuses frondaisons d'écume
j'ai vu du ventre de métal des hautes vagues
sortir, envahissantes,
d'intrépides armées d'écume
et j'ai vu le dernier mouvement
celui lisse et réconcilié
du retour aux profondes matrices
où toute vague s'anéantit

ULTIME VŒU

j'aimerais m'en aller
par un jour de printemps
lorsque la lumière des jours
devient plus généreuse
lorsque les arbres donnent
de tendres feuilles
que les airs résonnent
des chants d'oiseaux
alors j'aimerais m'en aller
comme une feuille
emportée par le vent

CHANT DE DÉPART

hissons les voiles!
larguons les amarres!
quittons, mon âme,
ces rives barbares,
allons, mon âme,
allons-nous-en,
mettons le cap
sur l'horizon là-bas
où scintille l'Eternité,
l'inextinguible Eternité!

LES YEUX

Dieu
Mon Dieu
c'est Toi
Toi-Même
que j'ai vu
dans l'éclat
des yeux
de l'Homme
c'est Toi
qui luis
c'est Toi
qui éclates
dans ces gemmes
(il n'y en a de plus précieuses)
que Tu as enchâssées
dans les orbites
de l'Homme
ces mêmes orbites
qui évidées par la Mort vorace
semblent hurler
Ton Absence

SOMMAIRE

L'Œuvre d'Angela Ghelber
aux éditions L'Age d'Homme

Les Fontaines de l'âme, poèmes, 1976

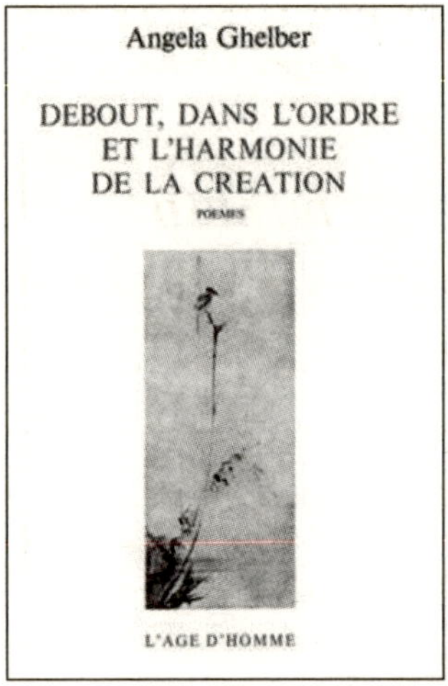

Debout, dans l'ordre et l'harmonie de la création,
poèmes, 1983

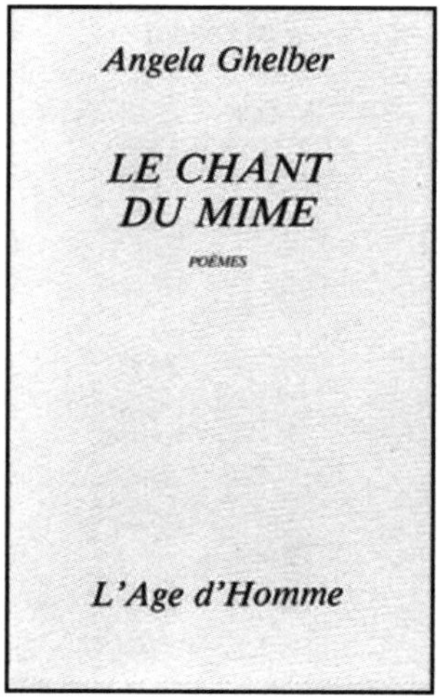

Le Chant du mime, poèmes, 1990

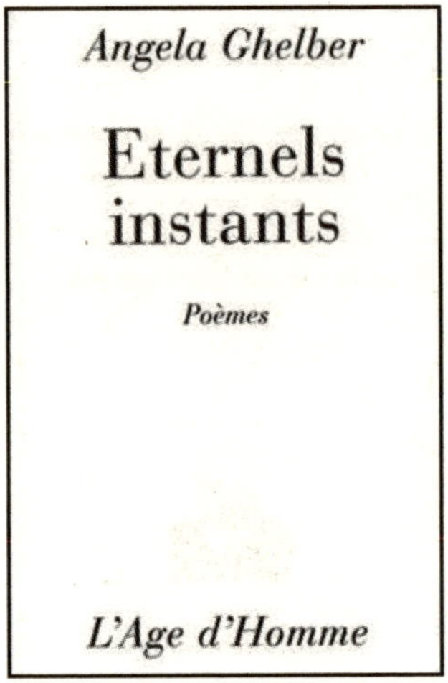
Angela Ghelber

Eternels instants

Poèmes

L'Age d'Homme

Éternels instants, poèmes, 2002

MARCEL GHELBER

A la recherche de sa source
et de son sens Divins

Vivre sa vie en Dieu
et la vie de Dieu en soi

PRÉFACE DE CLAUDE BRIDEL

L'AGE D'HOMME

Marcel Ghelber,
A la recherche de sa source et de son divin, 2001

Achevé d'imprimer en décembre 2005
sur les presses de la Nouvelle Imprimerie Laballery
58500 Clamecy
Dépôt légal : décembre 2005
Numéro d'impression : 511219

Imprimé en France